# Let's be together

1

Tomo Kurahashi

DATE

## Sommaire

DATE

Chapitre 1

[ Until the love blooms ]

Let's be together

Let's be together

[ Until the love blooms ]

ÇA SERT À JOUER ? C'EST ROUILLÉ, MAIS BON.
QU'EST-CE QUE ÇA FAIT LÀ ?
PEU IMPORTE, ALLONS À L'INTÉRIEUR.
TAP
AH ! KAZUMA, C'EST DANGEREUX !
TAP
OUAH ! C'EST IMMENSE.
C'EST VRAI.
On peut même voir dehors.
JE SAIS. CE SERA NOTRE REPAIRE SECRET.
NOTRE REPAIRE SECRET ?!
Trop cool !
ON NE DOIT EN PARLER À PERSONNE.
HEIN ? MÊME PAS À TOMOE ?

NON. CE SERA NOTRE SECRET ENTRE HOMMES.
OK.

PLIC
ポタ
PLIC
ポタ
PFIOUH...
KAZUMA,
TU ARRÊTES DÉJÀ ?

SI ON RESTE TROP LONGTEMPS SOUS PRÉTEXTE QU'ON EST EN TROISIÈME,
CE SERA PAS TRÈS SYMPA POUR LES PLUS JEUNES, NON ?
Vous aussi,
vous rentrez chez vous ?
On fait quoi ? On y va ?
S'ENTENDRE DIRE ÇA PAR L'ANCIEN CAPITAINE...
SI ENCORE IL N'Y AVAIT QUE ÇA...
CRAC
DIS, TU RENTRES DIRECTEMENT OU...
TU VIENS À LA SALLE D'ARCADE ?
AH, ALLEZ-Y SANS MOI.
J'AI DÉJÀ...
KAZUMA,
TU N'AS PAS ENCORE FINI ?

J'enlève mes crampons !
C'EST BON, J'ARRIVE !
La ferme.
...
KAZUMA.
J'AI TOUJOURS VOULU TE DEMANDER UN TRUC.
POURQUOI TU TRAÎNES AVEC QUELQU'UN D'AUSSI BANAL ?
Et je ne parle pas de Tomoe.
Hein ?
PARCE QUE C'EST MON AMI D'ENFANCE.
OUI, TU M'AS DÉJÀ DIT ÇA, MAIS...
COMMENT DIRE ?
VOUS JOUEZ PAS DANS LA MÊME COUR.
Ah, idiot.
BEN QUOI, IL EST FRÊLE ET...
AÏE !
POF

UN MOT DE PLUS ET JE TE FRAPPE.
OK.
TU VIENS DE LE FAIRE...
IDIOT, C'EST UN SUJET TABOU.
POURQUOI ?
Désolé...
MERCI DE M'AVOIR ATTENDU.
PFF, T'EN AS MIS, DU TEMPS.
PARCE QU'ON EST ENSEMBLE
DEPUIS LA PRIMAIRE ET ...

QU'IL Y A UN LIEN SPÉCIAL ENTRE EUX.
ILS SONT COMME FRÈRES ET SŒUR.
QUAND ON AVAIT 5 ANS, LES PARENTS DE TOMOE SONT DÉCÉDÉS ET LES NÔTRES SE SONT OCCUPÉS D'ELLE.
À PARTIR DE CE MOMENT-LÀ, ON A ÉTÉ ÉLEVÉS COMME UNE FRATRIE
POUR MOI, NOTRE RELATION EST TOUT À FAIT NATURELLE.
C'EST BIEN DE JOUER AU FOOT, MAIS TU NE DEVRAIS PAS ÉTUDIER POUR L'EXAMEN D'ENTRÉE ?

CHIAKI VA M'AIDER À RÉVISER, DONC
ÇA VA LE FAIRE.
HEIN ? T'ES TROP SYMPA AVEC LUI, CHIAKI.
TU N'AS PAS LE TEMPS AVEC LE CONSEIL DES ÉLÈVES.
C'EST BON, T'IN-QUIÈTE.
JE NE M'OCCUPE QUE DES PETITES CHOSES.
HA HA HA
TOI AUSSI, TU LUI DEMANDES DE L'AIDE, TOMOE.
GNIIII
PEUT-ÊTRE, MAIS PAS SYSTÉMATI-QUEMENT.
CHIAKI...
N'AYANT JAMAIS SU SE DÉFENDRE,
J'EN SUIS VENU À ME DIRE UN BEAU JOUR QUE JE DEVAIS LE PROTÉGER.

FFF
ザァァ
ET C'EST TOUJOURS LE CAS AUJOURD'HUI.
HEIN ?!
TOI, KAZUMA ?
TU VAS ÉTUDIER CE WEEK-END ?!

TU VEUX DORMIR ICI AUSSI, TOMOE ?
NON. JE SUIS UNE FILLE, JE TE RAPPELLE.
HEIN ?
TU N'APPRENDS JAMAIS, KAZUMA.
...
MADAME, APPAREMMENT, IL VA PLEUVOIR DEMAIN.
AH OUI, C'EST VRAI.
JE VAIS DEVOIR ÉTENDRE LE LINGE À L'INTÉRIEUR.
HÉ.
ENFIN... SI CHIAKI VEILLE SUR KAZUMA, JE SUIS RASSURÉE ♡
DE QUOI TU PARLES ?

Eh bien...
J'ÉTAIS PERSUADÉE QUE TU N'EN AURAIS QUE POUR LE FOOT
JUSQU'À CE QUE TU SOIS DIPLÔMÉ.
GROG
APRÈS TOUT, QUAND QUELQUE CHOSE NE T'INTÉRESSE PAS,
TU NE FAIS PREUVE D'AUCUNE MOTIVATION.
C'ÉTAIT TRÈS BON.

TU LUI AS PAS DIT POUR TA BLESSURE À LA JAMBE ?
CRII
PAS ENCORE. TU ES LE SEUL À LE SAVOIR.
JE VOIS.
TU VAS ARRÊTER LE FOOT, UNE FOIS AU LYCÉE ?
LE MÉDECIN
T'A DIT QUE SI TU CONTINUAIS, IL NE POUVAIT PAS T'ASSURER QUE TON GENOU TIENDRAIT.
J'IMAGINE QUE JE N'AI PAS LE CHOIX.

ぽんっ
POF
CARESSE
CARESSE
...
ET TOI, ALORS ? ÇA IRA SI TU VAS DANS UN LYCÉE MOINS PRESTIGIEUX ?
ÇA SUFFIT.
COMME JE SUIS PAS MATINAL, C'EST BIEN QU'IL SOIT PROCHE.
ET PUIS
JE PRÉFÈRE ÊTRE AVEC TOI.

HEIN ? JE NE SUIS PLUS UN GAMIN.
TOUT IRA BIEN.
Bah, COMME ÇA, JE N'AURAI PAS À M'INQUIÉTER.
PUMO
IL DIT ÇA SI FACILEMENT.
Ah, je vois.
C'EST FAUX.
TU ES TROP PROTECTEUR AVEC MOI.
MAIS MERCI.

TADAM
LES MANCHES SONT TROP COURTES.
TIENS ?
TU AS GRANDI ?
OUI, JE SUIS EN PLEINE CROISSANCE, JE CROIS.
QUAND JE DORS, J'ENTENDS MES OS CRAQUER.
C'est horrible comme bruit.
SÉRIEUX ?
Je vais t'en prêter un
RSHHH
KAZUMA...
HM ?
IL EST TROP PETIT AUSSI.
TADAM
...

OUI
OUI
OUVRE
ぱちっ
う、
Nh
HM ?
OUAH
QU'EST-CE QUE... IL FAIT UN CAUCHEMAR ?
FRR
Han
FRR
Nh
FRR

BLINK
CHIAKI, TU TE MASTURBES ?
SURSAUTE
GH
AAH !
KA ...
KAZUMA ...
DÉSOLÉ !
GH
GH
Je...
JE N'AI PAS PU M'EN EMPÊCHER.
Mais...
JE NE SALIRAI PAS TES DRAPS.
GH
Chut.
MA MÈRE VA SE RÉVEILLER.
Tes bizarre.
FLIPPE PAS.
JE SUIS PAS EN COLÈRE.
SERRE
PAR CONTRE,

BOBOM
Disons que...
SI TU ME L'AVAIS DIT, JE T'AURAIS PRÊTÉ QUELQUE CHOSE...
Pour t'aider.
!!
C'EST BON !
C'EST PAS LA PEINE.
BOBOM
BOBOM
JE PEUX EMPRUNTER TES TOILETTES ?
GNAP
BOÏNG
AAH !
BRR
KAZUMA, TU FAIS QUOI ?!
Lâche moi !
...
DOM
GH !
DÉFAITE
SERRE
ELLE EST ÉNORME...
Par rapport à la mienne.
HEIN ?

KA...
KAZUMA...
ARRÊTE.
PLITCH
ELLE CONTINUE DE GROSSIR ?
T'es pas au max.
PLITCH
PLITCH
Ouah.
HOP
ELLE EST ENCORE PLUS DURE.
PLITCH
PLITCH
PLITCH
PLITCH
KAZUMA...
ATTENDS.
ZIEUTE
BOBOM
BOBOM
ÇA NOUS EST DÉJÀ ARRIVÉ DE PARLER DE CE GENRE DE CHOSES, MAIS
QUAND JE ME DIS QUE MÊME CHIAKI LE FAIT,
J'AI HONTE.
ÇA M'EXCITE UN PEU.

ÇA CRAINT.
J'AI UNE ÉRECTION, MOI AUSSI.
FRR
FRR
HAA
HAA
DIS,
TU VEUX TOUCHER LA MIENNE ?
COMME ÇA, ON SERA QUITTES.
FRR
HEIN ?

HOP.
ばっ
COMMENT ÇA ?
PFF... TU POURRAIS COMPRENDRE. MOI AUSSI, JE BANDE !
!
ずるん
ZOUIP
ALLEZ, VITE.
GNAP
きゅっ
SERRE
BRR
ピクッ
HM
ぎゅっ
SERRE

BOBOM
BOBOM
KAZUMA, C'EST BON ?
IL DEVIENT ENCORE PLUS DUR.
BOBOM
BRR
MERDE.
C'EST GÉNIAL.
MOUV
IL BOUGE SES HANCHES.
GLOUP
TU VEUX BIEN T'ALLON-GER ?

Han
PLITCH
PLITCH
PLITCH
PLITCH
Ha
Han
Gh
Ha
Hm
BRR
Ha
PLITCH
Ha
PLITCH
AH.
ÇA CRAINT.
PLITCH
PLITCH
BRR
CHIAKI, JE VAIS VENIR.
MOI AUSSI.

HAA
HAA
HAA
Han
HAA
JOUISSONS ENSEMBLE, ALORS.
PLITCH
PLITCH
PLITCH
Ah
JE JOUIS.
PLITCH
Gh
HAA
PLITCH
Gh
PLITCH
HAA
TU...
PLITCH
?
GH
KAZUMA.
HEIN ?
DOUCEUR

HAA
Ce...
C'EST DOUX.
HAA
HAA
HAA
VOUTM
...

HAA
HAA
HAA
HAA
POURQUOI TU M'AS EMBRASSÉ ?
HAA
DÉSOLÉ.
HAA
HAA
JE ME SUIS LAISSÉ EMPORTER.
HAA
EMPORTER ?
Ouah, j'hallucine.
ÇA NE ME DÉRANGE PAS.
C'est pas comme si c'était ma première fois.
ぬと
GLUANT
HA HA HA.
MES MAINS SONT TOUTES COLLANTES.
QU'EST-CE QUE...

Où sont les mouchoirs ?
ET MOI QUI COMPTAIS VOIR
QUELLE TÊTE IL FAISAIT.
...
TU DEVRAIS
TE COUPER LA FRANGE.
TAC

OK.

DATE

# Chapitre 2

[ Until the love blooms ]

## Let's be together

Let's be together

[ Until the love blooms ]

TU ES SÛRE QUE JE PEUX TE FAIRE CONFIANCE ?
JE T'AI DIT QUE OUI ! EN GÉNÉRAL, JE ME COUPE LES CHEVEUX MOI-MÊME.
Vas-y franchement.
MÊME SI TU TE LOUPES, ILS REPOUSSERONT.
BIEN DIT !
BON, J'Y VAIS FRANCO, ALORS.
TCHAC
POF
POF
TCHAC
TCHAC
HM... ÇA VA COMME ÇA ?

サラ
TIC
C'EST BIEN, NON ?
MAINTENANT QUE MA FRANGE EST COUPÉE, JE PEUX VOIR LE VISAGE DE KAZUMA CORRECTEMENT.
C'EST EMBÊTANT.
JE SUIS ÉBLOUI.

COMME JE BOSSE CE SOIR, JE RENTRERAI TARD.
J'Y VAIS.
LA FERME.
SALUT, KAZUMA.

SALUT. TIENS ?
T'AS PAS ENTRAÎNEMENT DE VOLLEY, CE MATIN ?
Allons-y ensemble.
AVEC LES EXAMS QUI APPROCHENT, C'EST ANNULÉ.
PFF...
AH.
CHIAKI,
ATTEN-TION.
FRR
AAH !
REGARDE DEVANT TOI QUAND TU MARCHES.
DÉSOLÉ.

J'AI PAS
L'HABITUDE DE MA TAILLE.
C'EST VRAI QUE TU AS BEAUCOUP GRANDI EN SIX MOIS.
HA HA HA !
Moi aussi, pourtant.
ARRÊTE !
Je t'interdis de regarder !
JE POURRAI PEUT-ÊTRE BIENTÔT VOIR LE SOMMET DE TON CRÂNE.
J'AI EU UNE POUSSÉE DE CROISSANCE EN ENTRANT AU LYCÉE.

DEPUIS PEU, JE PENSE QUE JE REGARDE MOINS PAR TERRE QUAND JE MARCHE.
T'AS VU LE TRAIN ?
J'Y CROIS PAS !
PCH
BLA
GH
BLA
C'EST BONDÉ.
SNIF
TACATAC
JE SENS SON PARFUM.
TACATAC

Ah...
J'AI L'IMPRESSION QUE KAZUMA A PERDU QUELQUES CENTIMÈTRES...
DEPUIS QU'IL A ARRÊTÉ LE FOOT.
BOBOM
IL
TRANSPIRE.
AAH.
AAH.
AAH.
GNAP
ATTENTION.
JE VAIS BIEN.

AH.
J'AI PU VOIR LE SOMMET
DE SON CRÂNE.
Il conduit comme un pied.

BOBOM
CALME-TOI.
BOBOM
BOBOM
BRR
BRR
À demain.
Salut ♡ Je peux t'appeler pendant la pause
JE...

SUIS
AMOUREUX.
タタン
TACATAC
ガタン
TACATAC

ÇA FAIT
TROIS MOIS QU'ILS SORTENT ENSEMBLE.
BLA
BLA
JE DOIS ARRÊTER DE COMPTER
LES JOURS.
AH...
JE SENS SON ODEUR LÀ OÙ
IL M'A ATTRAPÉ LE BRAS.
POURQUOI
TU SOURIS BÊTEMENT ?
AH!
ZZZ

TOMOE...
C'EST ÉCRIT SUR TON VISAGE.
LAISSE-MOI DEVINER.
C'EST PARCE QUE TU ÉTAIS AVEC KAZUMA CE MATIN.
ON LIT EN MOI COMME DANS UN LIVRE OUVERT OU QUOI ?
Hein ?
Baah...
C'EST JUSTE QUE C'EST ÉVIDENT.
POF
IL N'Y A QUE L'INTÉRESSÉ QUI NE S'EN EST PAS RENDU COMPTE.
C'est tellement évident.
Kazuma
Kazuma
AH...
SI TU NE FAIS PAS QUELQUE CHOSE,
TU N'ARRIVERAS JAMAIS À T'ÉLOIGNER DE LUI.

C'EST PAS GRAVE.
PUISQUE CE N'EST PAS MON INTENTION.
BAH, PEU IMPORTE.
TAC
ÉTANT DONNÉ LA SITUATION, JE NE PENSE PAS QUE ÇA TE SOIT UTILE,
MAIS JE TE LE DONNE QUAND MÊME.
QU'EST-CE QUE C'EST ?

Les vacances d'été approchent.
UNE FILLE DE MA CLASSE
M'A DEMANDÉ DE TE DONNER SES COORDONNÉES.
JE CROYAIS T'AVOIR DÉJÀ DIT QUE...
JE LUI AI DIT QUE ÇA NE SERVIRAIT À RIEN, MAIS
J'AI FINI PAR CÉDER.
Fais-le !
S'il te plait !
Hein ?
LES FILLES SONT DES FONCEUSES.
Elle a même collé une photo.
SCHLIP
CHIAKI
ÇA FAIT FILLE QUI S'IMPOSE, MAIS...

QUAND ON VEUT QUELQUE CHOSE,
VOIR CELUI OU CELLE QUI NOUS PLAÎT
NE SUFFIT PAS.
C'EST DONC NORMAL QU'ON SOIT PRÊT À TOUT
POUR OBTENIR CE QU'ON DÉSIRE.
Perso je ferais jamais ça mai...
SI ÇA TE DIT, RÉPONDS-LUI.
C'est pénible.
POURQUOI VOUS ÊTES AUSSI POPULAIRES, TOUS LES DEUX ?
C'EST LE PRIVILÈGE DES FILLES
DE POUVOIR TOUT TENTER.
JE T'AIME BEAUCOUP CHIAKI
ÇA TE DIT, ENVOIE-MOI UN MES
PORTABLE

COMME ELLE M'A AVOUÉ QU'ELLE M'AIME, JE VAIS SORTIR AVEC.
ÇA N'A PAS COMMENCÉ PAREIL.
OK,
JE VOIS.
J'AI ENVIE DE LUI DIRE
QUE JE L'AIME, MOI AUSSI.
COMME VOUS LE SAVEZ,

LES VACANCES D'ÉTÉ DÉBUTENT DEMAIN, ALORS...
ESSAYEZ DE NE PAS CAUSER DE PROBLÈMES À VOS PARENTS OU AU LYCÉE.
Tu es libre ce soir ?
KAZUMA...
Oui !
J'ai acheté le jeu dont je t'ai parlé l'autre fois.
Tu viens ?
Oui.
LES VACANCES COMMENCENT BIEN.

ÇA FAISAIT LONGTEMPS QUE JE N'ÉTAIS PAS ALLÉ CHEZ LUI.
AH.
ALLÔ, CHIAKI ?
Y A UN FEU D'ARTIFICE LA SEMAINE PROCHAINE.
ON SE DISAIT QU'ON POURRAIT Y ALLER TOUS ENSEMBLE.
HEIN ?
OK, JE VIENDRAI.
ET KAZUMA ?
ON NE L'A PAS ENCORE INVITÉ.
FAIS-LE, TOI.
D'ACCORD.
JE VAIS LE VOIR TOUT À L'HEURE.
JE LUI DEMANDERAI.

OH...
OUAH !
HEIN ?
HII
JE ME SUIS CACHÉ PAR RÉFLEXE.
Chiaki ?
KAZUMA.

ALORS N'OUBLIE PAS LE FEU D'ARTIFICE, LA SEMAINE PROCHAINE.
PARCE QUE J'AI ACHETÉ UN NOUVEAU YUKATA.
JE SAIS.
TOMOE,
ぎゅっ
SERRE
JE NE PENSE PAS QUE KAZUMA VIENDRA.

KAZUMA !
CHIAKI EST LÀ.
MONTE.
PFF, CELUI-LÀ, ALORS...
TU AS DÉJÀ MANGÉ ?
OUI, À LA MAISON.
AH, C'EST DOMMAGE.
COMME VOUS ÊTES PAS MAL OCCUPÉS TOUS LES DEUX, RÉCEMMENT, VOUS VOUS RÉUNISSEZ MOINS TOUS LES TROIS.
ÇA ME MANQUE.
C'EST COMME SI VOUS FAISIEZ PARTIE DE LA FAMILLE, ALORS
VENEZ QUAND VOUS VOULEZ.
MERCI BEAUCOUP.

CLAC
カチャ
T'EN AS MIS, DU TEMPS.
QU'EST-CE QUE TU FAISAIS ?
MA MÈRE M'A DEMANDÉ D'ALLER FAIRE DES COURSES.
TIENS ?
KAZUMA, TON OREILLE...
COMME TU N'ARRIVAIS PAS, J'EN AI DÉJÀ PERCÉ UNE.
Ça te va bien.
Ah.
TA MÈRE VA PAS S'ÉNERVER ?

ELLE EST DE BONNE HUMEUR QUAND T'ES LÀ.
Alors je compte sur toi.
AIDE-MOI À M'EXCUSER TOUT À L'HEURE.
C'EST DONC ÇA.
ON LES PERCE AVEC ÇA.
Il y a une aiguille.
TU VEUX LE FAIRE, TOI AUSSI ?
HEIN ? NON, MERCI.
Ça a l'air douloureux et j'aime pas souffrir.
ÇA FAIT PAS SI MAL QUE ÇA.
TAC
TU TIENS TON OREILLE COMME ÇA ET...
POF
TU VOIS.
C'est facile
RADIEUX
OH.
FAIS VOIR.
CLAC
AH

OUAH, ELLE EST VRAIMENT PERCÉE.
TIC
GH...
FRISSON
IDIOT.
ME TOUCHE PAS À DES ENDROITS BIZARRES COMME ÇA.

Je m'y attendais pas.
AH.
ぶわっ
ROUGIT
KAZUMA, EUH... DIS, EST-CE
QU'AU-JOURD'HUI,

ON LE FAIT ?
D'ACCORD.

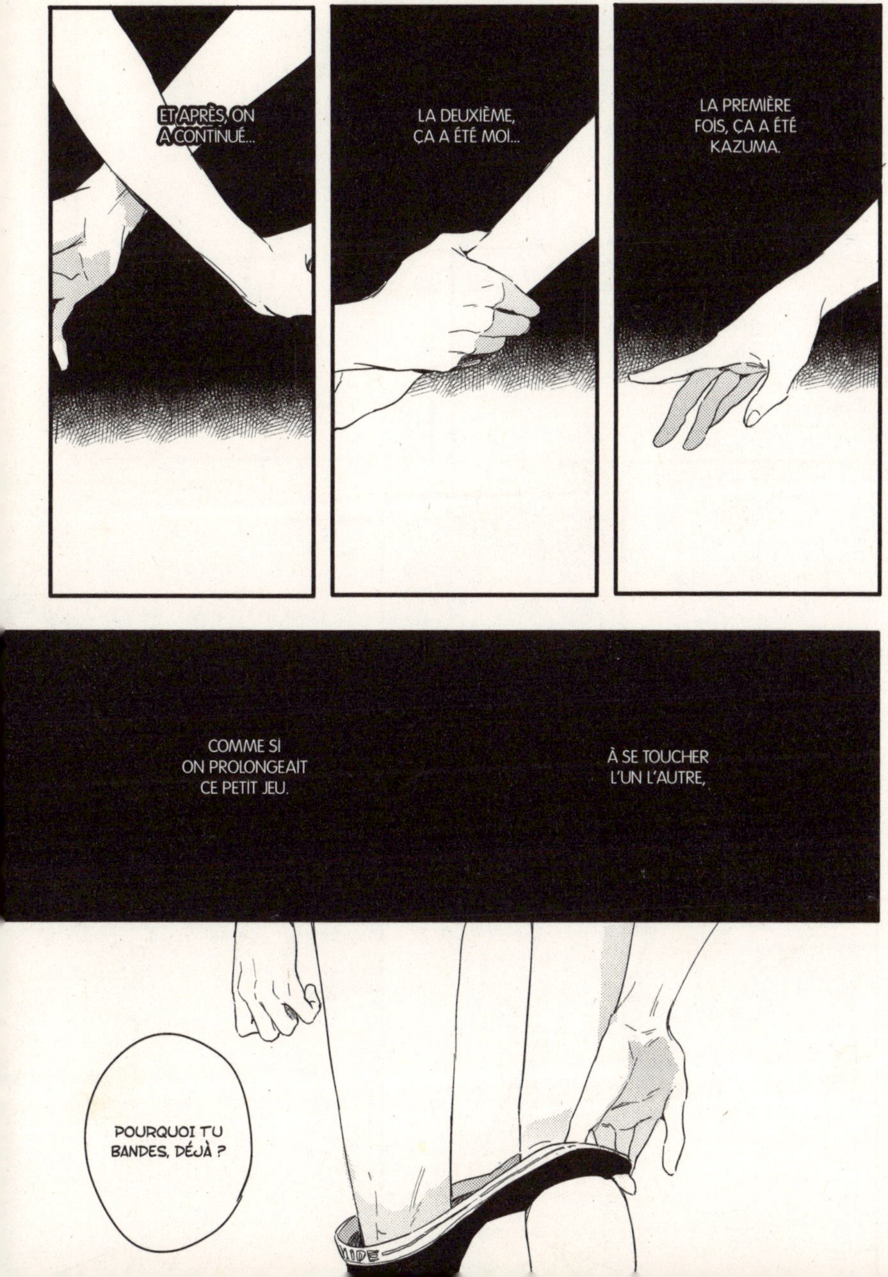
LA PREMIÈRE FOIS, ÇA A ÉTÉ KAZUMA.
LA DEUXIÈME, ÇA A ÉTÉ MOI...
ET APRÈS, ON A CONTINUÉ...
À SE TOUCHER L'UN L'AUTRE,
COMME SI ON PROLONGEAIT CE PETIT JEU.
POURQUOI TU BANDES, DÉJÀ ?

PARCE QU'ON ÉTAIT EN PÉRIODE D'EXAMENS.
SÉRIEUX ?
TU T'ES T'INTERDIT DE TE BRANLER ?
ATTENDS UN PEU, JE BANDE PAS ENCORE.
GNAP
KAZUMA.

!?
JE VAIS TE SUCER.
HEIN ?!
NON.
C'EST...
PEUT-ÊTRE BIEN QUE SI.
TA COPINE TE L'A PAS ENCORE FAIT ?
ALORS OÙ EST LE PROBLÈME,

SI C'EST PAS TA PREMIÈRE FOIS ?
SLURP
ぬるっ
GLOUPS
びくっ
!
SCHLRPP
ÇA NE TE DÉGOÛTE PAS ?
SCHLRPP
SCHLRPP
SI C'EST LA TIENNE, NON.

HAA
GH
HAA
Gh
Brr
Gh
Han
SCHLRPP
SCHLRPP
SCHLRPP
SLURP
BRR
SLURP
BRR
ELLE EST DEVENUE DURE.
SLURP
CHI... CHIAKI...
SCHLRPP
SCHLRPP
ÇA
SUFFIT.

BRR
?!
SCHLRPP
SLURP
SLURP
AH...
SCHLRPP
GH...
Gh
Nh
IDIOT.
JE VAIS VENIR.
SCHLRPP
SCHLRPP
STOP.
VAS-Y, JOUIS.
SLURP
SLURP
SLURP
AH...
PFF...
SERRE
FAIS CE QUE TU VEUX.
SCHLRPP
SCHLRPP
GH...

GH...
SPLURT
Nh
HAA
HAA
HAA
HAA

グッ
GNAP
ポタ
PLIC
HAA
HAA
HAA
TU AS JOUI, TOI AUSSI ?
MÊME SI ÇA NE SIGNIFIE RIEN POUR KAZUMA,
ÇA ME VA.
AH.
RATÉ.

ÇA T'A PLU ?
QU'EST-CE QU'ON VA FAIRE
SI ÇA DEVIENT UNE HABITUDE ?
CHIAKI, TU AS UNE COPINE ?
NON.
POURQUOI ?
T'ES AMOUREUX DE QUELQU'UN, ALORS ?

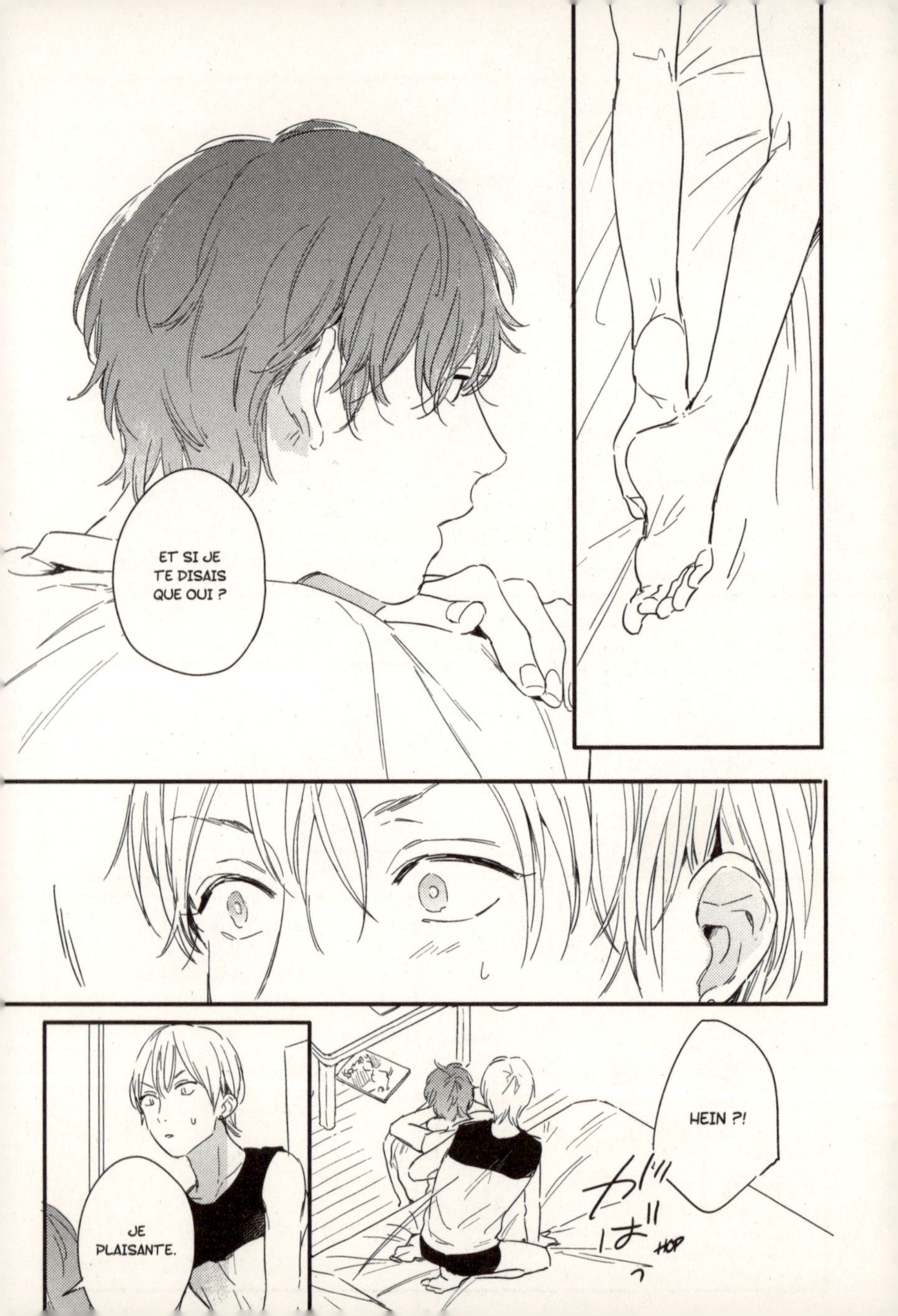
ET SI JE TE DISAIS QUE OUI ?
HEIN ?!
HOP
JE PLAISANTE.

JE T'EN AURAIS PARLÉ, SI C'ÉTAIT LE CAS.
AH, OUI, C'EST VRAI.

JE VAIS CHERCHER UN TRUC À BOIRE.
AH, OK.
キィ…
CRI
GNAP
いじ…
IL NE ME CACHERAIT PAS
QUELQUE CHOSE ?

DATE

# Chapitre 3

[ Until the love blooms ]

## Let's be together

Let's be together

[ Until the love blooms ]

CRI
CRI
CRI
ZZZ
ZZZ
KAZUMA !
C'EST PAS PARCE QUE TU ES EN VACANCES QUE TU DOIS RESTER AU LIT. LÈVE-TOI.
JE VAIS TRAVAILLER, MAIS TON PETIT DÉJEUNER EST PRÊT.
MH... OK...
TU POURRAS ÉTEINDRE LA MACHINE AUSSI, S'IL TE PLAÎT ?
OUI, OUI, C'EST BON.
Bonne journée.

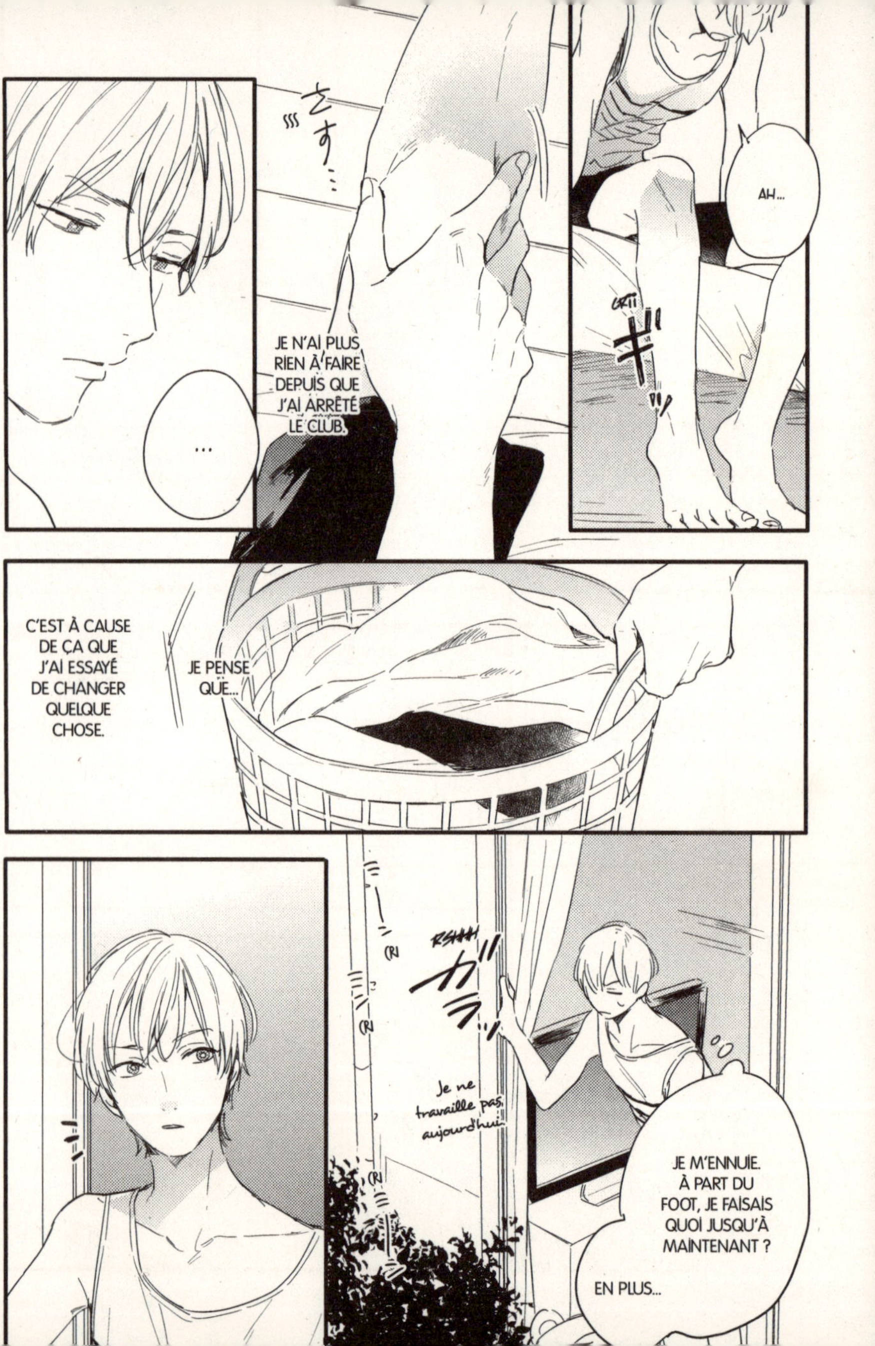
AH...
GRII
ギッ
さす…
SSS
JE N'AI PLUS RIEN À FAIRE DEPUIS QUE J'AI ARRÊTÉ LE CLUB.
...
JE PENSE QUE...
C'EST À CAUSE DE ÇA QUE J'AI ESSAYÉ DE CHANGER QUELQUE CHOSE.
RSHHH
ガラ…
Je ne travaille pas aujourd'hui
JE M'ENNUIE. À PART DU FOOT, JE FAISAIS QUOI JUSQU'À MAINTENANT ?
EN PLUS...
CRI

CHIAKI.
AH, KAZUMA. BONJOUR.
TU VAS AU CLUB ?
OUI, J'AI UN MATCH D'ENTRAÎNEMENT.
adodis
ENFIN, LES SECONDE FONT QUE REGARDER.
DIS-LE-MOI QUAND TU JOUERAS.
JE VIENDRAI TE VOIR.
HEIN ?
S'APPROCHE
ずいっ
VRAIMENT ?!
JE DONNERAI LE MEILLEUR DE MOI-MÊME, ALORS.
DONNE TOUT MÊME QUAND JE NE SUIS PAS LÀ, EN FAIT.

ÇA M'APAISE DE PARLER AVEC LUI.
Gh
ドキッ
BOBOM
TON TORSE,
IL EST PLUS MUSCLÉ, NON ?
ぎゅっ
POF
TU CROIS ?
HÉ HÉ HÉ
Et t'as pris des bras aussi.
AH,
AU FAIT, EST-CE QUE TU VAS
AU FESTIVAL ?

OUI, AVEC TOMOE ET LES AUTRES.
JE VOIS.
JE M'EN DOUTAIS.
JE ME SENS SOULAGÉ.
COMME CHIAKI DISAIT DES TRUCS BIZARRES L'AUTRE JOUR,
JE ME SUIS DEMANDÉ S'IL NE ME CACHAIT PAS L'EXISTENCE DE QUELQU'UN.
COMME TU NE M'AS PAS PARLÉ DU FEU D'ARTIFICE, CETTE ANNÉE,
J'AI PENSÉ...

QUE TU ÉTAIS DÉJÀ PRIS ET
JE NE T'AI PAS INVITÉ.
CRI
CRI
POURQUOI EST-CE QUE JE ME SENS EXCLU ?
HOP

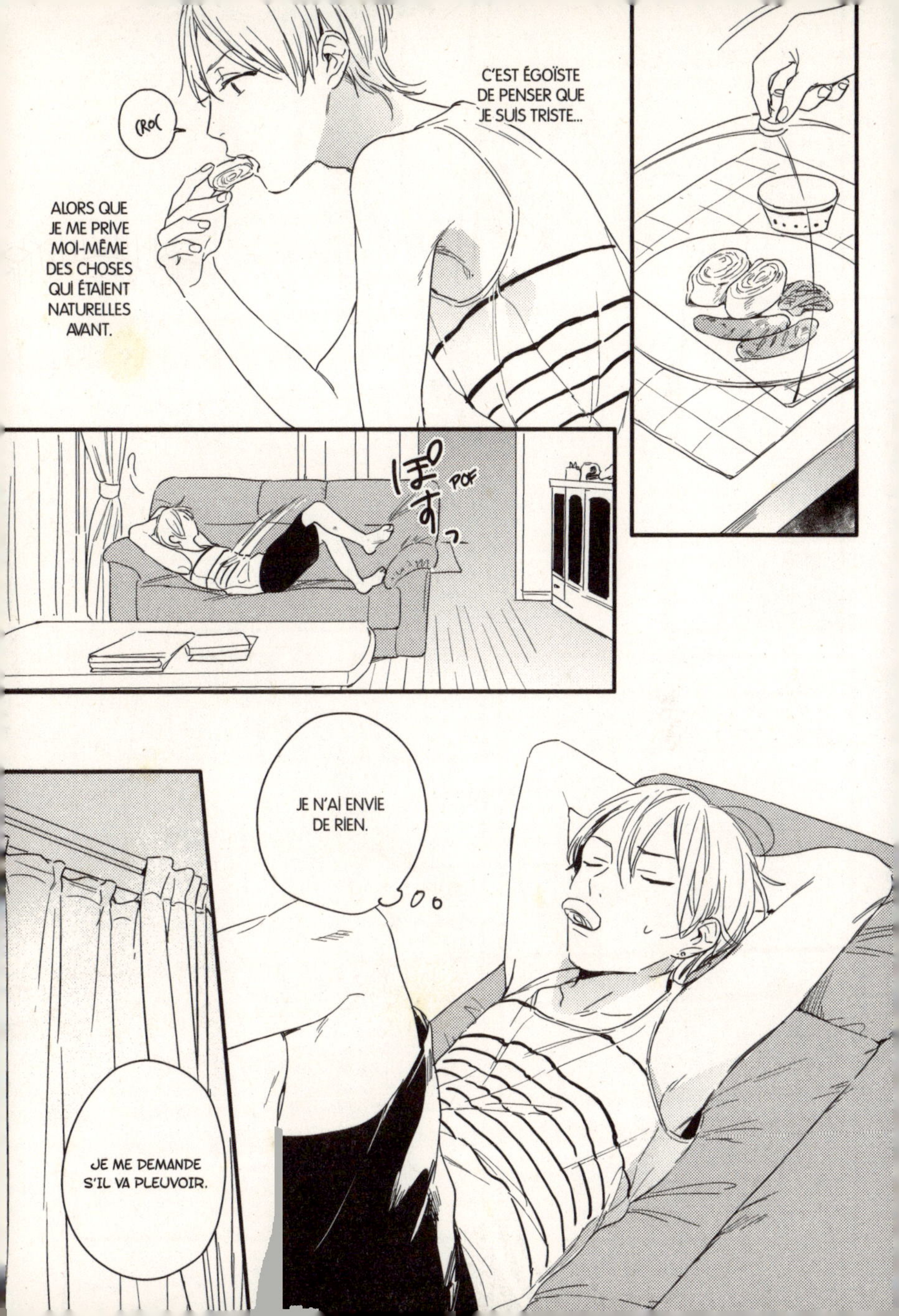
C'EST ÉGOÏSTE DE PENSER QUE JE SUIS TRISTE...
CROC
ALORS QUE JE ME PRIVE MOI-MÊME DES CHOSES QUI ÉTAIENT NATURELLES AVANT.
ぽすっ
POF
JE N'AI ENVIE DE RIEN.
JE ME DEMANDE S'IL VA PLEUVOIR.

C'EST TA PRÉSENCE QUI ME MOTIVE.
LES GARÇONS SONT TRÈS VITE GONFLÉS PAR TOUT ÇA.
Merci.
Ah...
REGARDE, REGARDE !
TA MÈRE M'A AIDÉE À LE METTRE ♡
CE SERAIT TELLEMENT BIEN SI TU EN METTAIS UN.
On y va.
NON MERCI, C'EST TROP CHIANT.
ANGES
DIRE QUE VOUS EN PORTIEZ UN TOUS LES TROIS EN PRIMAIRE.
Vous étiez trop mignons.
...

TA MÈRE M'A DIT QUE C'ÉTAIT LE SIEN QUAND ELLE ÉTAIT ÉTUDIANTE.
IL EST BEAU, NON ?
OUI ET IL TE VA TRÈS BIEN.
...
Ah..
TU ES LE SEUL À FORMULER DES CHOSES EMBARRAS-SANTES AUSSI DIRECTEMENT.
DIRE QU'ON Y ALLAIT TOUS LES TROIS CHAQUE ANNÉE.
IL NOUS A DEVANCÉS.

SA COPINE PASSE EN PRIORITÉ, C'EST COMME ÇA.
KAZUMA NE ME CHOISIRA PAS.
TU ES QUELQU'UN DE COMPRÉHENSIF, CHIAKI.
SI ÇA AVAIT ÉTÉ MOI, JE SENS QUE JE LUI AURAIS BALANCÉ DES TRUCS PAS COOL,
DU GENRE « SALE TRAÎTRE ».

« Sale traître »...
C'EST UN PEU EXAGÉRÉ.
ÇA NE TE
DÉRANGE VRAIMENT PAS, TOI ?

QU'EST-CE QUE TU RACONTES ?
KAZUMA NE NOUS APPARTIENT PAS.
ALLEZ, DÉPÊCHONS-NOUS. SI ON N'Y VA PAS, ON VA SE FAIRE DISPUTER.
HEIN ?
LE MIEUX QUE JE PUISSE FAIRE, C'EST DE DÉTOURNER LES YEUX.
TOMOE, CHIAKI, PAR ICI.
DÉSOLÉE, ON EST EN RETARD.
Vous êtes venus à pied ?
TON YUKATA EST TROP JOLI.

***Crêpes **Loterie, gros lots à la clef *Frites

...
...
DOM
CHIAKI !
HEIN ?
Ils ne sont plus là !
TIENS ?
FOUIT
FOUIT
QU'EST-CE QU'ON FAIT ? ON LES A PERDUS.
HMM, ÇA NE CAPTE PAS BIEN, ICI.
ON ESSAIE DE LES APPELER DEPUIS UN ENDROIT MOINS FRÉQUENTÉ ?
OUI.
AAH !
HOP
ÇA VA ?
EUH... CHIAKI...
EST-CE QU'ON PEUT SE TENIR LA MAIN ?

CE… C'EST PAS CE QUE JE VOULAIS DIRE !
EUH… C'EST POUR ÉVITER QU'ON NE SE PERDE.
…
DÉSOLÉE DE DIRE DES TRUCS BIZARRES.
OK, D'ACCORD.
ELLE A DE TOUTES PETITES MAINS.
JE SAIS QU'IL FAUDRA BIEN QUE JE RENONCE UN JOUR.
MAIS MÊME SENTIR LA CHALEUR DE QUELQU'UN D'AUTRE ME MET MAL À L'AISE.

ET CE, PARCE
QUE C'EST UNE
AUTRE QUI LUI
TIENT LA MAIN.

CHIA...

KI…
HEIN ? KAZUMA ?
POURQUOI TU T'ARRÊTES, TOUT À COUP ?
C'EST UN AMI ?

ÇA NE ME PLAÎT
PAS DU TOUT.
DÉSOLÉ.
HEIN ?
DASH
HÉ !
CHIAKI !

...
HEIN ?
C'ÉTAIT PAS CHIAKI ?
J'ai pu le voir qu'un instant.
POUR-QUOI ?
SERRE
DÉSOLÉ, JE NE PEUX PAS LE LAISSER.
HEIN ?
POURQUOI
IL FAISAIT CETTE TÊTE ?
KAZUMA, ATTENDS !

IL S'EST PASSÉ QUOI ?
HAA
HAA
OÙ EST-IL ALLÉ ?
HAA
Apparemment, il n'est pas rentré chez lui.
IL NE RÉPOND PAS AU TÉLÉPHONE.

AH !
EST-CE QUE PAR HASARD...
TAP
C'EST LE SEUL ENDROIT OÙ IL PEUT ÊTRE.

BRRR
BRRR
BRRR
チッ
clic
PFF
...
C'EST N'IMPORTE QUOI.
IL FAUT QUE JE ME CALME.

HAN
TE VOILÀ.
HAN
HAN
KAZU... QU'EST-CE QUE TU...
LA QUESTION N'EST PAS LÀ.
ÇA SE FAIT PAS DE REGARDER QUELQU'UN DANS LES YEUX ET DE S'ENFUIR JUSTE APRÈS !
Décale-toi un peu.

TAP
JE SUIS VENU PARCE QUE JE ME FAISAIS DU SOUCI POUR TOI.
C'EST NORMAL, NON ?
JE NE POUVAIS PAS TE LAISSER.
SERRE
COMMENT TU AS SU OÙ J'ÉTAIS ?
JE ME SUIS DIT QUE C'ÉTAIT LE SEUL ENDROIT OÙ TU POUVAIS TE RENDRE.

IL FAUDRA QUE...
TU PRÉSENTES TES EXCUSES
À HONJÔ, APRÈS.
!
DIT CELUI QUI A PLANTÉ SA COPINE.
JE L'AI FAIT PARCE QUE JE M'INQUIÉ-TAIS POUR TOI.
QUOI ?
TA COPINE DOIT PASSER AVANT MOI.
C'ÉTAIT UN RENCARD.

TU BOUDES OU QUOI ?
GLOUPS
JE NE BOUDE PAS.
PFF
HAA...
SI C'ÉTAIT
POUR RÉAGIR COMME ÇA APRÈS, TU N'AVAIS QU'À M'INVITER.
SI JE L'AVAIS FAIT, TU SERAIS VENU ?

EH BIEN, EN FAIT,
JE M'ÉTAIS DÉJÀ ENGAGÉ.
MÊME SI ON EST ENSEMBLE DEPUIS LONGTEMPS,
MÊME SI ON SE FAIT DU BIEN ENSEMBLE,
CE N'EST PAS MOI...
QUI SUIS PRÈS DE LUI.

JE L'ENVIE.
MAIS...
UN JOUR,
TU FINIRAS PAR T'ÉLOIGNER DE MOI, PAS VRAI ?
JE VAIS ARRÊTER...

DE FAIRE SEMBLANT D'ÊTRE COMPRÉHENSIF.
ドキッ
BOBOM
TU NE COMPRENDS RIEN, KAZUMA.
ぎゅっ
GNAP
GH...
CHIAKI ?

DE TOI,
JE VEUX TOUT. LE PASSÉ, LE PRÉSENT ET...
POF
LE FUTUR.
SÉRIEUSEMENT, POURQUOI
TU ES VENU ?

HMM...
GNAP
SERRE
GH...
HAN...
BRR
MET'S TA LANGUE.
GH...
FFH
HM...
HA...
GH...
CHIA...
PLITCH
KI...

GH
C'EST UNE BLAGUE ? JE T'AI DIT D'ARRÊTER.
JE SUIS SÉRIEUX.
GLOUPS
GH...
JE NE RIGOLE PAS.

POF
すとん

LA VÉRITÉ, C'EST QUE JE T'AIME.
BRR
BRR
BRR

DATE

# Chapitre 4

[ Until the love blooms ]

## Let's be together

Let's be together

[ Until the love blooms ]

QU'EST-CE QUE TU VIENS DE DIRE ?
SON REGARD FRANC...
ME TRANSPERCE,

BOBOM
GLOUP
BOBOM
À TEL POINT QUE C'EN EST DOULOUREUX.
BOBOM
BOBOM
BOBOM
BOBOM
BOBOM
J'AI ENVIE DE M'ENFUIR.
JE...
SERRE
ぎゅっ

N'AVAIS JAMAIS PENSÉ À ÇA.
JE NE PEUX PAS TE VOIR COMME ÇA.
OUI, JE LE SAVAIS.

DÉSOLÉ.
RENTRONS.
NOS MÈRES VONT S'INQUIÉTER.
C'EST VRAI.
FFF
TAP
MON CORPS, QUI ÉTAIT EN SUEUR, SE REFROIDIT.
TAP

SA TÊTE,
SES MAINS,
SES JAMBES,
ÉTAIENT GLACÉES.
MAIS SES LÈVRES, ELLES, BRÛLAIENT.

KAZUMA, KAZUMA.
DISTRAIT
HEIN ?
TU RÊVES ?
C'est rare.
TU POURRAS PRENDRE UNE PAUSE QUAND TU AURAS FINI ÇA.
AH... OUI.
Quand est-ce qu'on peut se voir ?

SLUUURP
...
Désolé, j'ai beaucoup de travail.
BIP
HAA...
JE SUIS TOTALEMENT LARGUÉ.
FROTTE
JE N'ARRIVE PAS ENCORE À METTRE DE L'ORDRE DANS MES IDÉES.
BIM
COMMENT ÇA, IL M'AIME ?
ZOUIP

TOMOE? QU'EST-CE QUE TU FAIS ?
Pourquoi tes dans mon jardin ?
AH, KAZUMA. COUCOU.
LA GRAND-MÈRE DE SATÔ M'A DONNÉ UNE PASTÈQUE ET
TA MÈRE M'A DEMANDÉ DE LA RAFRAÎCHIR.
PLOC
Hein ?
ON A TOUJOURS CETTE VIEILLE PISCINE ?
HA HA HA
ELLE EST PLUS PETITE QUE DANS MES SOUVENIRS. ÇA M'A SURPRISE.
JE N'ARRIVE PAS À CROIRE QU'ON Y RENTRAIT À TROIS.
...

AH.
CHIAKI, TU TOMBES À PIC.
SURSAUTE
ビクッ
GH...
VIENS MANGER DE LA PASTÈQUE AVEC NOUS.
HEIN ?
DÉSOLÉ, CE SERA SANS MOI.
J'ÉTAIS AU CLUB DE BONNE HEURE, CE MATIN. JE SUIS FATIGUÉ.

Tiens ?
IL N'EST PAS DANS SON ASSIETTE ?
IL DOIT ÊTRE CREVÉ. LAISSONS-LE TRANQUILLE.
HEIN ?! ÇA NE TE TRACASSE PAS ?
JE VAIS ME CHANGER.
KAZUMA, ATTENDS !
...
CLAC
L'ÉQUILIBRE MAINTENU JUSQUE-LÀ...
EST EN TRAIN DE SE ROMPRE.

CUI
CUI
CUI
FINALEMENT, LES VACANCES D'ÉTÉ SE SONT TERMINÉES...
SANS QU'ON AIT UNE SEULE CONVERSATION SÉRIEUSE.
J'Y VAIS.
CLAC
KAZUMA.

…
CLAC
DING
DONG
AH…
On ne se voit plus alors qu'on est voisins.
IL M'ÉVITE, C'EST SÛR.

Chiaki
EN MÊME TEMPS, JE NE SAIS PAS COMMENT ME COMPORTER
QUAND JE LE VERRAI.
AH, MERDE.
ÇA M'ÉNERVE.
KAZUMA, TU VIENS
T'AMUSER, APRÈS LES COURS ?
Il paraît qu'ils ont intégré de nouvelles chansons au karaoké.
AU SECOURS, IL FAIT PEUR.
TU M'AS L'AIR DE MAUVAIS POIL.
TU T'ES DISPUTÉ AVEC TA COPINE OU QUOI ?
HEIN ?
HIII !
AH.
Oups !
J'AI OUBLIÉ DE LA RECONTACTER.

Sans blague ?
ÇA LA FOUT MAL, NON ?
TU DOIS ROMPRE AVEC ELLE !
C'EST PAS DRÔLE.
ALORS, TU FAIS QUOI, AUJOURD'HUI ?
Tu viens au karaoké ?
AH, NON.
J'AI QUELQUE CHOSE À FAIRE.
Ce sera sans moi.
HEIN ?

CRII
CRII
BAM
QU'EST-CE QUE JE FABRIQUE ?
JE NÉGLIGE MA COPINE POUR VENIR ICI EN CACHETTE.
Joli.
OH.
CHIAKI ASSURE.

ÇA CRAINT.
KAMIMURA EST TROP COOL, NON ?
UNE MINUTE... POURQUOI TU ES SI EXCITÉE, YURI ?!
J'étais prems !
Parce que...
TU AS UNE SACRÉE COTE, CHIAKI.
EN MÊME TEMPS, IL EST MIGNON.
MIGNON ?

Regarde, un trèfle à quatre feuilles.
Kazuma !
COMMENT DIRE ?
C'EST VRAI QU'IL L'ÉTAIT AUTREFOIS,
MAIS...
IL A L'AIR PLUS MATURE, MAINTENANT.
PLUS...
SEXY.

ROUGIT
!
VIOUH
ぱっ
Ah-!
Il a regardé vers nous ?!

ÇA CRAINT. IL M'A VU ?!
Je me suis caché direct, mais bon.
POURQUOI JE NE ME SUIS PAS RENDU COMPTE...
QU'IL
FAISAIT...
TOUT ÇA
PARCE QU'IL M'AIMAIT ?
ドッ BOBOM
ドッ BOBOM
ドッ BOBOM
MAINTENANT QUE J'Y PENSE,
CE REGARD...

CE N'ÉTAIT PAS DE LA CURIOSITÉ QUE JE POUVAIS Y LIRE,
MAIS DU DÉSIR.
ぞくっ
FRISSON
Gh
Je rentre
JE ME SENS BIZARRE, D'UN COUP.

トンッ
POF
KAMIMURA, ON DOIT SE RASSEMBLER.
OK.
OH, KAZUMA. C'EST RARE.
GH !
TU RENTRES DÉJÀ ? MAIS LE MATCH N'EST PAS ENCORE FINI.
J'ÉTAIS JUSTE VENU JETER UN COUP D'ŒIL.

Ah.
TU T'INQUIÈTES PARCE QUE TU L'AS ÉCONDUIT ?
!
CO... COMMENT TU LE SAIS ?!
J'ai vu juste ?
POUR TA GOUVERNE, SACHE QUE CHIAKI NE M'A RIEN DIT.
CHIAKI N'EST PAS EN GRANDE FORME ET TOI, TU ES DISTANT.
...
DEPUIS COMBIEN D'ANNÉES CROIS-TU QU'ON SE CONNAÎT ?
JE LE SAIS RIEN QU'EN VOUS VOYANT.
Ah...
AUTREFOIS, VOUS VOUS ÉTIEZ TROUVÉ UN REPAIRE SECRET
ET VOUS NE M'EN AVIEZ RIEN DIT.
DANS LES MOMENTS IMPORTANTS, J'ÉTAIS TOUJOURS EXCLUE.

VOUS AURIEZ PU VENIR VOUS CONFIER À MOI.
Je me sens un peu seule.
SSS
DEPUIS QUAND...
IL M'AIME,
À TON AVIS ?
EH BIEN,
DEPUIS TOUJOURS, JE DIRAIS.

SÉRIEUX ?
ÇA DOIT ÊTRE UNE SURPRISE POUR TOI
ET UNE SOURCE DE SOUCIS.
GH...
C'EST JUSTE QUE JE NE VEUX PAS LE BLESSER.
ÇA NE TE RESSEMBLE PAS DU TOUT...
D'ÊTRE INDÉCIS ET
DE FAIRE LES CHOSES À MOITIÉ COMME TU L'AS FAIT AVEC LE FOOT.

SI TU TE PRÉOCCUPES DE CHIAKI,
RÉFLÉCHIS À CE QUE TOI,
TU VEUX VRAIMENT.
PAF
...

TU ME RECONTACTES APRÈS TOUT CE TEMPS SANS DONNER DE NOUVELLES
POUR ME DIRE QUE TU VEUX ROMPRE ?
JE SUIS DÉSOLÉ.
Gh...
OUIN
IDIOT !
SALAUD !

TOMOE
A RAISON.
AÏE.
Je me suis coupé la lèvre.
JE PAYE LE PRIX FORT POUR N'AVOIR PAS SU FAIRE LES CHOSES CORRECTEMENT.
AH. FAIT CHIER. J'ASSURE PAS DU TOUT.
CRR
ガタッ

ばっ
VHAM
AH !
KAZUMA, QU'EST-CE QUE TU FAIS ?
TO...
MOE...
Tu es en nage
TU N'AURAIS PAS VU CHIAKI ?
HEIN ?
AH. EH BIEN,
JE L'AI VU RENTRER AVEC HONJÔ,
TOUT À L'HEURE.
QUOI ?!
ILS AVAIENT L'AIR DE BIEN S'AMUSER, TOUS LES DEUX.

JE ME DEMANDE SI ELLE NE VA PAS ENFIN LUI DÉCLARER SA FLAMME.
QUELLE ESPÈCE DE...
THANK YOU.
ÇA... ÇA VA ?
...
Ah...
JE SUIS PAS SYMPA.
Désolée, Honjô.

C'EST MOI QUI TE L'AI PROPOSÉ. JE SUIS DÉSOLÉE.
NE LE SOIS PAS. C'EST PAS TA FAUTE.
JE ME DEMANDE S'ILS NE VONT PAS PENSER DES CHOSES BIZARRES, VU QU'ON RENTRE ENSEMBLE.
Ils nous ont bien chambrés.
JE RENTRE TOUJOURS AVEC TOMOE, NORMALEMENT.
Je me demande pourquoi.
VOUS ÊTES TRÈS PROCHES, TOUS LES TROIS.
N'AYANT PAS D'AMIS D'ENFANCE,
JE T'ENVIE.
C'EST VRAI.

COMME ON A TOUJOURS ÉTÉ ENSEMBLE,
C'EST COMME SI ON FAISAIT PARTIE DE LA MÊME FAMILLE.
BON, ASSEZ PARLÉ DE MOI !
TU VOULAIS DISCUTER DU CLUB ?
NON.
HEIN ?
CHIAKI, TU N'AURAIS PAS EU
LE CŒUR BRISÉ ?
ÇA SE VOIT QUAND ON TE REGARDE.

P…
PARCE QUE
JE T'AIME.
CE…
C'EST PEUT-ÊTRE BIZARRE
QUE JE TE LE DISE MAINTENANT.
EST-CE QUE J'AI UNE CHANCE
AVEC TOI ?
DING
JE SUIS DÉSOLÉ.
JE PENSE QUE RENONCER VA ME PRENDRE DU TEMPS,
PARCE QUE JE L'AI TOUJOURS AIMÉ.

JE VOIS.
CE N'EST VRAIMENT PAS FAIR-PLAY DE MA PART
DE TIRER PARTI DE TON MOMENT DE FAIBLESSE.
NE DIS PAS ÇA.
C'EST MOI...
QUI NE SUIS PAS FAIR-PLAY.
JE SUIS TROP GOURMAND...
À NE PENSER QU'À MOI.
CHIAKI ?

CLINK
S...
STOP !

Hein ?
HEIN ? QUOI ?
HAA
HAA
KA... KAZUMA ?!
Qu'est-ce que tu fais là ?
DÉSOLÉ, HONJÔ.
HAA
HAA
C'EST MOI QU'IL AIME.
HEIN ?
HAA
HAA
J'ÉTAIS PERSUADÉE QU'IL S'AGISSAIT DE TOMOE.
JE VOIS.
D'ACCORD !
DASH
Hein ?
DÉ... DÉSOLÉE !

ZUT.
J'ai dit quelque chose qu'il ne fallait pas.
HAA
HAA
DÉSOLÉ, CHIAKI.
J'AI PERDU MON SANG FROID.

CHI... CHIAKI.
DÉSOLÉ, KAZUMA.
JE SAVAIS QUE TU TE SENTAIS MAL À L'AISE.
JE N'AURAIS PAS DÛ TE DIRE ÇA, MAIS JE N'AI PAS PU M'EN EMPÊCHER.
DÉSOLÉ D'ÊTRE TOMBÉ AMOUREUX DE TOI.

IDIOT.
FROTTE
FROTTE
T'EXCUSE PAS, VOYONS.
AH.
JE N'ARRIVE VRAIMENT PAS À SAVOIR...
SI TU AS CHANGÉ OU SI TU ES RESTÉ LE MÊME.
HONNÊTEMENT, J'IGNORAIS ENCORE QUOI FAIRE, MAIS
JE SAIS, MAINTENANT.

CONTINUE DE M'AIMER
JUSQU'À CE QUE...
JE TOMBE AMOUREUX DE TOI.
VOILÀ MA RÉPONSE,
LÀ, TOUT DE SUITE.
CO...
COMBIEN DE TEMPS ÇA VA TE PRENDRE ?
ガチャンッ
CLINK
AUCUNE IDÉE. TU VAS DEVOIR ATTENDRE UN PEU.

TU TROUVES PAS ÇA INJUSTE ?
AH ? PARCE QUE TOI, TU AS ÉTÉ JUSTE, PEUT-ÊTRE ?
HEIN ?
JE TE RAPPELLE QUE TU M'AS SUCÉ EN AYANT UNE IDÉE DERRIÈRE LA TÊTE.
CE...
C'EST VRAI, OUI.
Je n'ai rien à répondre à ça.
CLINK
CHIAKI.

ÇA TE VA, COMME ÇA ?
ET COMMENT...

QUE ÇA ME VA.
C'EST D'ACCORD.
HEIN ? TU AS LE GOÛT DU SANG.
AH.
JE CROIS QUE J'AI UNE COUPURE DANS LA BOUCHE.
QUOI ? COMMENT ÇA SE FAIT ?!
EH BIEN,
JE TE RACONTERAI APRÈS. EMBRASSONS-NOUS ENCORE UNE FOIS.

DATE

# Chapitre 5

[ Until the love blooms ]

## Let's be together

Let's be together

[ Until the love blooms ]

JE SUIS RENTRÉ.
CLAC
ガチャン
HM ?
SALUT.
Le dîner est prêt.
AH, MA MÈRE RENTRE TARD, AUJOURD'HUI ?
OUI.
J'AI PROFITÉ DE L'OCCASION POUR FAIRE UN CURRY ♪

もぐ MIAM
もぐ MIAM
MMH.
TU ES DEVENUE UN VRAI CORDON BLEU.
AU DÉBUT, TU CUISINAIS SI MAL QU'ON AVAIT MÊME DU MAL À REGARDER.
Donc j'apprécie tes efforts.
IL EST MEILLEUR QU'AVANT.
N'EST-CE PAS ?
TA MÈRE M'A APPRIS À LE FAIRE ♡
Il est épicé juste comme il faut.
LES JOURS PASSENT, MAIS...
LE FAIT QUE RIEN NE BOUGE ME DÉCOURAGE.
C'EST LE STATU QUO.

RAH ! J'AI PERDU !
MÊME SI TU NE JOUES PAS AU FOOT,
TU ES BON À CE JEU.
C'EST PARCE QUE J'Y JOUE TOUJOURS CONTRE TOI.
EST-CE QU'ON N'A PAS ENCORE PLUS L'AIR D'AMIS ORDINAIRES
EN JOUANT COMME ÇA À DES JEUX ET...
EN REGARDANT DES DVD ?

AH, JE VAIS DEVOIR Y ALLER.
Je fermerai la porte en partant.
POURQUOI TU RESTES PAS DORMIR ? ÇA FAIT LONGTEMPS.
Tu t'enfuis par peur de perdre ?
HEIN ?
HM ?
NON, C'EST JUSTE QUE...

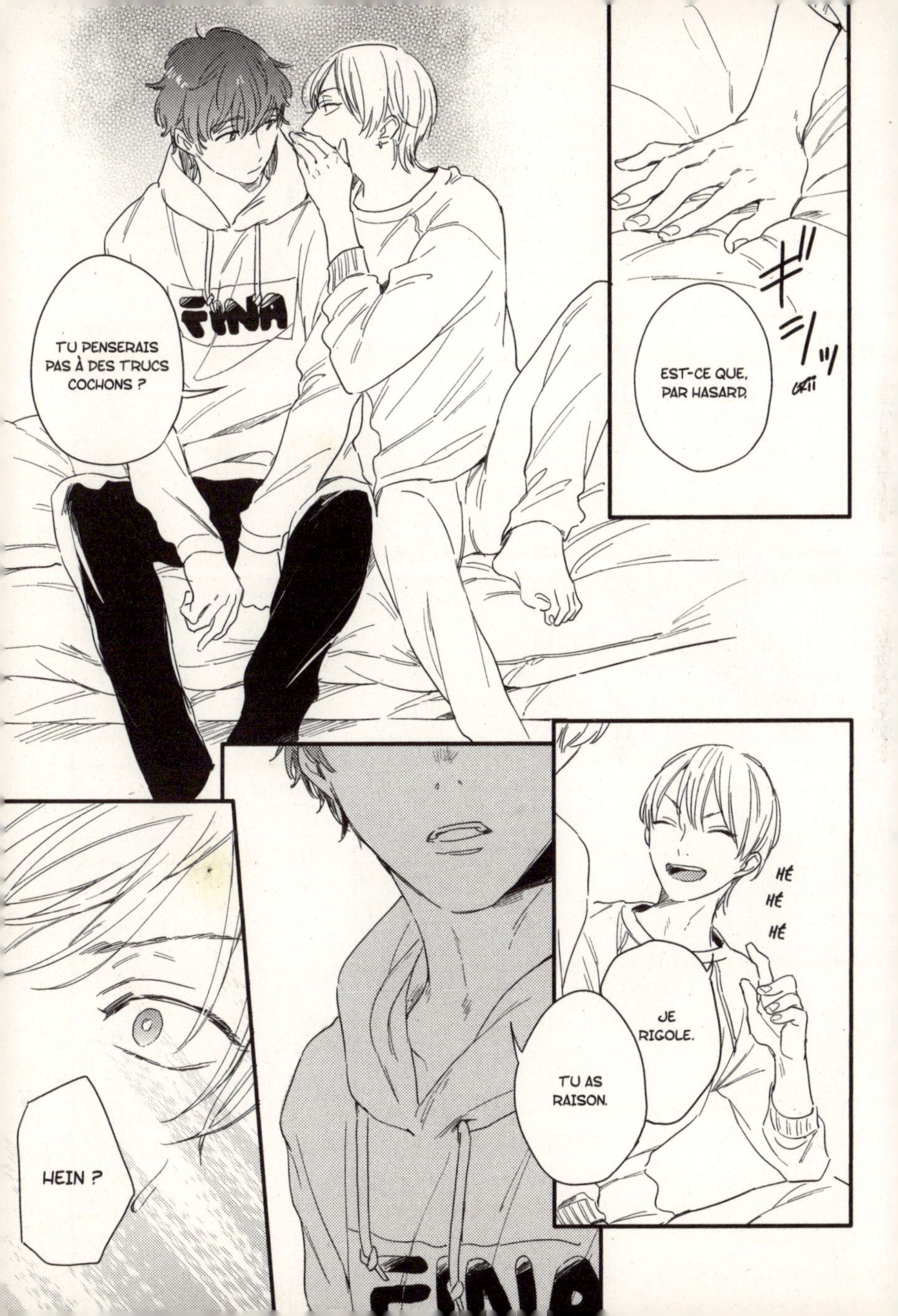

GRII
EST-CE QUE, PAR HASARD,
TU PENSERAIS PAS À DES TRUCS COCHONS ?
HÉ HÉ HÉ
JE RIGOLE.
TU AS RAISON.
HEIN ?

COMMENT ÇA POURRAIT NE PAS ÊTRE LE CAS ?
CHIA...
KI...
GLOUPS
IL...
bande ?!

CHI... CHIAKI !
FOUIT
ATTENDS... ATTENDS, JE TE DIS !
JE PLAISAN...
FOUIT
PSS
JOUI PLEIN DE FOIS EN PENSANT À TOI.
ET À L'INSTANT OÙ JE TE PARLE,
J'AI DÉJÀ...
FRISSON
JE PENSE À DES CHOSES TRÈS INDÉCENTES.

SAUF QUE J'AI ACCEPTÉ D'ATTENDRE,
ALORS...
ARRÊTE DE M'EXCITER AVEC TES BLAGUES.
BOBOM
BOBOM
O... OK.
BOBOM
BOBOM
スチャッ
CRII
SUR CE, JE RENTRE.
CLAC
ガチャ
BONNE NUIT.

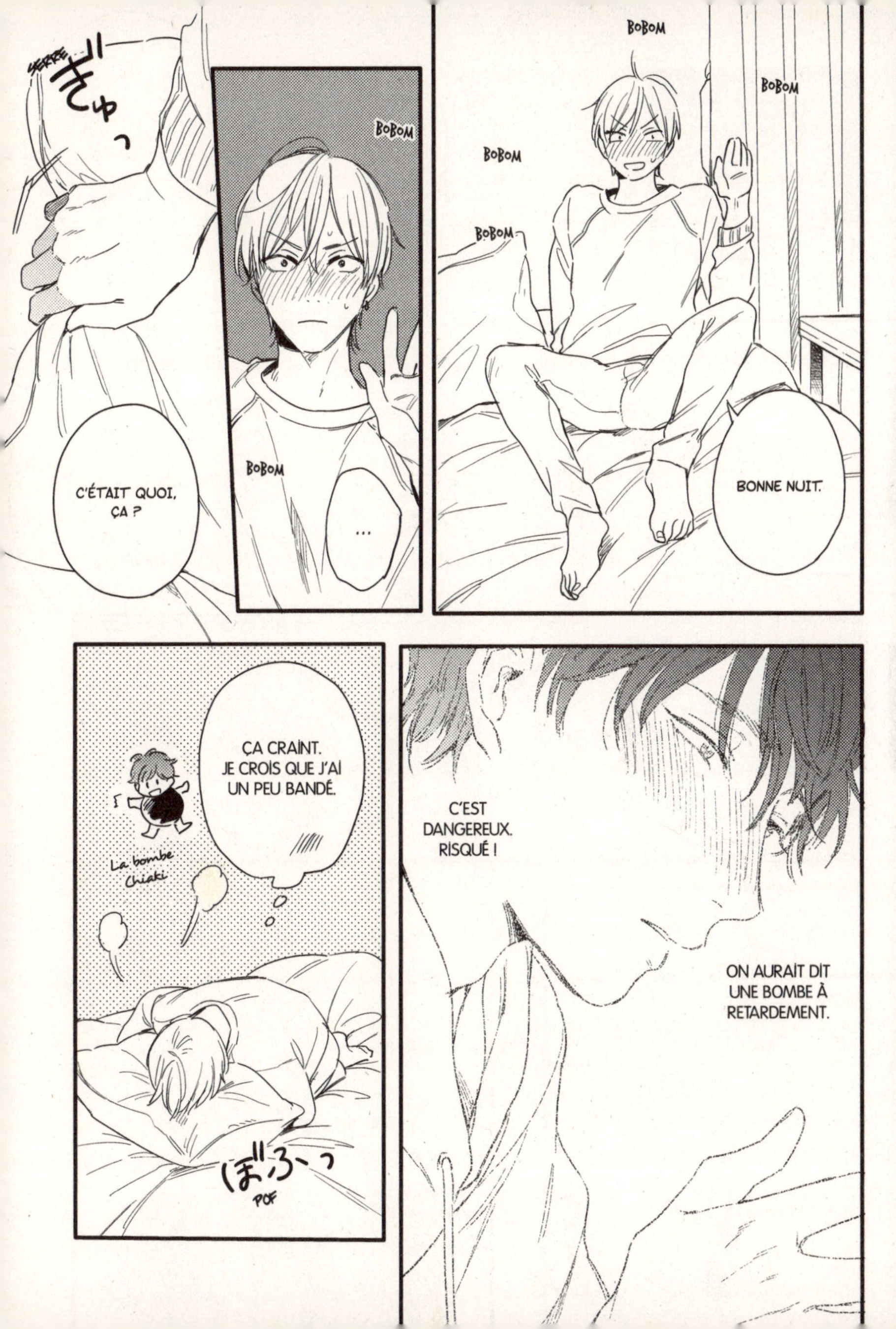
BOBOM
BOBOM
BOBOM
BOBOM
BONNE NUIT.
BOBOM
BOBOM
...
SERRE
ぎゅっ
C'ÉTAIT QUOI, ÇA ?
C'EST DANGEREUX. RISQUÉ !
ON AURAIT DIT UNE BOMBE À RETARDEMENT.
ÇA CRAINT. JE CROIS QUE J'AI UN PEU BANDÉ.
La bombe Chiaki
ぼふっ
POF

もん DOM
もん DOM
IL A PARLÉ DE « CHOSES INDÉCENTES ».
À QUOI IL PENSAIT, EXACTEMENT ?
J'AI SOMMEIL.
Fouah
BOBOM
ドキッ
KAZUMA.

BONJOUR.
BONJOUR.
GLOUPS
TIENS ?
JE SUIS TROP TROUBLÉ.
C'EST RARE.
TU AS UN ÉPI.

À moins de mettre de l'eau dessus…
IL NE PARTIRA PAS COMME ÇA.
HI HI.
MOI AUSSI, J'AI UN TRUC SUR LE VISAGE ?
じっ
FIIIXE
…
Du dentifrice ?
HEIN ?
OUI.

SUR LES YEUX, LE NEZ ET LA BOUCHE.
HEIN ? DE QUOI ? J'AI RIEN EN FAIT, PAS VRAI ?
NON, RIEN. DÉPÊCHONS-NOUS.
ちら
ZIEUTE
JE ME SUIS TOUJOURS TENU AUSSI PROCHE DE LUI,
MAIS MAINTENANT, J'EN SUIS BIEN PLUS CONSCIENT.

ÇA ME FAIT ROUGIR.
キーン
DING
コーン
DONG
RÊVE
L'A DOMPTÉ.

HÉ.
Je t'ai appelé cinq fois.
ME FAIS PAS PEUR COMME ÇA.
T'ES DANS LA LUNE ? TU PENSAIS À DES TRUCS SALACES ?
にゅっ
REGARD MAUVAIS
ME DIS PAS QUE TU AS DÉJÀ TROUVÉ UNE NOUVELLE COPINE ?!
PAS EXACTEMENT NON.
D'où tu sors, toi ?
QUE TU COMPTES EN TROUVER UNE ?! DIS-NOUS TOUT.
キーッ
GRR
Calme-toi.
AH.
ALLEZ, LE COURS VA COMMENCER.
Viens t'asseoir.
HEIN ?! QU'EST-CE QUE TU ENTENDS PAR LÀ ?
J'ai dit ça sans réfléchir.
ZUT, ÇA M'A ÉCHAPPÉ.
BRR BRR

J'attends.
LU 22:00
Tu es arrivé ?
J'ai oublié mon manuel de chimie ! Prête-moi le tien avant la troisième heure de cours.
CHIAKI...
Les bases de la chimie 1
TIENS.
T'AS DE LA CHANCE QUE JE LAISSE MES MANUELS DANS MON CASIER.
Merci
JE SAIS QUE JE PEUX COMPTER SUR TOI POUR ÇA.
AU FAIT, C'EST RARE QUE TU OUBLIES QUELQUE CHOSE.

OUI.
J'AVAIS LA TÊTE AILLEURS, CE MATIN.
JE ME DEMANDE SI C'EST PARCE QUE J'AI PEU DORMI, CETTE NUIT.
Ha Ha Ha
AH!
EUH.
OUBLIE CE QUE JE VIENS DE DIRE.
NON.

EN FAIT, MOI AUSSI J'AI...
TIENS, MAIS C'EST KAMIMURA.
TU VIENS PAS SOUVENT ICI.
QU'EST-CE QUE TU FAIS ?
D'OÙ TU LES CONNAIS ?
Ah.
ELLES SONT DANS LE CLUB.
Le club de volley
Ah...
AH BON ? SURPRENANT.
AU FAIT, QU'EST-CE QUE TU FAIS AVEC KAMIMURA ?
TU LE RACKET-TES ?
NE ME DISCRIMINE PAS.
ON EST DES AMIS D'ENFANCE.
JE SUIS PAS DU GENRE À RACKETTER QUI QUE CE SOIT,
PAS VRAI, CHIAKI ?

EH BIEN,
KAZUMA EST TRÈS GENTIL AVEC MOI.
!?
Pourquoi tu dis ça comme ça ?
AH, JE DOIS VOUS LAISSER.
HEIN ?
ON SE VOIT AU CLUB.
KAZUMA.
HM ?
DÉSOLÉ.
QUAND ELLES SE SONT MONTRÉES FAMILIÈRES AVEC TOI,
ÇA M'A RENDU JALOUX.

MERCI POUR LE MANUEL.
JE TE LE RENDS PLUS TARD.
À toute.
IL N'A AUCUNEMENT L'INTENTION DE SE CACHER.
KAMIMURA EST VRAIMENT TROP MIGNON.
C'est un plaisir pour les yeux
EN PLUS, IL EST GENTIL.
IL FERAIT UN PETIT AMI PARFAIT.
DIS, EST-CE QUE KAMIMURA A UNE COPINE, EN CE MOMENT ?
HEIN ?
BEN QUOI ? IL A ÉCONDUIT HONJÔ, APPAREMMENT.
ALORS JE ME DEMANDAIS S'IL ÉTAIT EN COUPLE
IL EST BIEN AMOUREUX DE QUELQU'UN, EFFECTIVEMENT.

QUOI ? DE QUI ?! LE CHOC !
AUCUNE IDÉE.
Mais tu devrais laisser tomber.
Hi Hi
BIEN SÛR QUE JE SAIS DE QUI IL S'AGIT.
C'EST ÉVIDENT QU'IL M'AIME COMME UN DINGUE.
TAC
ELLES NE S'EN SONT PAS RENDU COMPTE, COMME MOI AU DÉBUT.

C'EST COOL QUE TOUT SOIT REDEVENU COMME AVANT.
C'est reposant.
TOUT A L'AIR NORMAL POUR TOI ?
OUI, À PART TON ATTITUDE.
CHIAKI EST REDEVENU COMME AVANT, LUI, NON ?
OUI.
SLURP

APPAREMMENT,
CLAC
HONJÔ CROYAIT QUE C'ÉTAIT DE MOI QUE CHIAKI ÉTAIT AMOUREUX.
PFF
!
Sympa pour moi, merci
KOF
JE VOIS PAS CE QU'IL Y A DE DRÔLE...
KOF
DÉSOLÉ, DÉSOLÉ.
QUAND ON AIME QUELQU'UN, ON LE DÉVORE DES YEUX, PAS VRAI ?
EN L'OBSERVANT,
ELLE M'A DIT QU'ELLE AVAIT REMARQUÉ...
QU'IL ÉTAIT TOUJOURS EN TRAIN...

DE REGARDER QUELQU'UN.
VOUS FAITES QUOI, TOUS LES DEUX ?
VOUS BOSSEZ PAS ?
CHIAKI !
J'Y CROIS PAS. ÇA, C'EST DU TIMING.
HEIN ? DE QUOI ?
DEMANDE À KAZUMA.

KAZUMA ?
AH.
NON, RIEN.
ON REJOUE, CE WEEK-END !
À WINNING ELEVEN !
EUH... OUI, SI TU VEUX.
JE VIENS DE COMPRENDRE QUE...

DEPUIS LE DÉBUT,
LA PERSONNE QUE
JE REGARDAIS,
C'ÉTAIT...

KAZUMA.
AH!

SI T'APPUIES PAS, ÇA SE LANCERA PAS.
HEIN ? AH, OUI.
TAC
ÇA CRAINT.
ON PASSE LE TEMPS COMME D'HABITUDE.
COMMENT JE POURRAIS FAIRE POUR ABORDER LE SUJET ?
DOM
DOM
SNIF
TU SENS BON.
GRII

VRAIMENT ?
J'AI UTILISÉ LE SHAMPOING DE MA MÈRE PAR ERREUR.
Elle va piquer une crise si elle s'en rend compte
SNIF
HM...
SNIF
!
ムラ…
EXCITÉ
EUH...
KAZUMA, TU ES TROP PRÈS, LÀ.
J'AI ENVIE DE LE TOUCHER.

TOI AUSSI,
C'EST CE QUE
TU RESSENTAIS ?
JE T'AIME.

KA...
BRR
SORS TA LANGUE.
HM...
SLURP
SLURP
SLURP
HM...
HAN...
Hm...
Han...
PLITCH

HAA...
HAA...
SLURP
HAA
HAA
HAA
C'EST CHAUD DANS TA BOUCHE.
HAA
HAA
KA... KAZUMA,
T'ES SÉRIEUX ?
SI C'ÉTAIT UNE BLAGUE, JE N'IRAIS PAS JUSQUE-LÀ.
GH !
GNAP

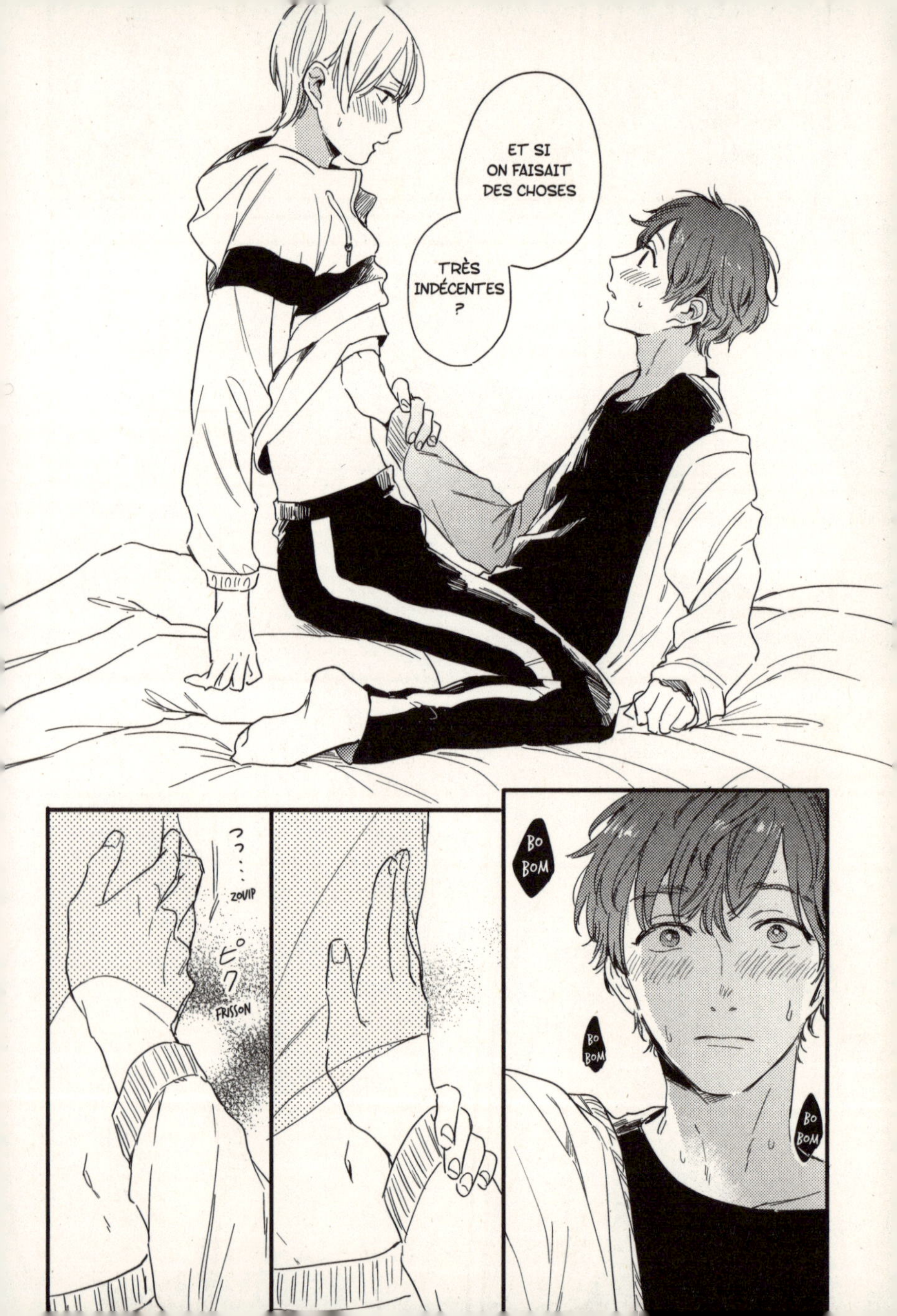

ET SI
ON FAISAIT
DES CHOSES
TRÈS
INDÉCENTES
?
BO
BOM
BO
BOM
BO
BOM
つっ…
ZOUIP
ピク
FRISSON

FRR
HM...
BRR
J'AI ENVIE QU'ON FASSE...
TOUT CE QUE J'AI IMAGINÉ.
ÇA ME FAIT UN PEU PEUR, LÀ.

QUE... ?
GNAP
GH...
SLURP
SLURP
SLURP
T'ES PAS OBLIGÉ DE ME LÉCHER...
LÀ.
GH !
SLURP
PLITCH
TU N'AIMES PAS ?
BRR
SLURP
TWIP
TWIP
SLURP
SI, MAIS...
HM...
GH...
C'EST QUOI, ÇA ? JE ME SENS TOUT CHOSE.

BRR
FROTTE
AH
HEIN ?
HII !
AH !
FRISSON
Ouah
KA... ZUMA. C'ÉTAIT QUOI, ÇA ?
QUE...
CE...
C'EST PAS CE QUE TU CROIS !
C'est juste que ça me chatouillait.
ÇA M'EXCITE QU'IL ME TOUCHE LES TÉTONS. ÇA CRAINT.
J'AI ENCORE ENVIE DE T'ENTENDRE.
GNAP
QUOI ?!

?!
BRR
PLITCH
PLITCH
TU ES DÉJÀ TREMPÉ.
C'EST EXCITANT.
BRR
QU'EST-CE QUE...
ELLE A L'AIR DÉLICIEUSE.
SLURP
BRR
CHIA...
SLURP
ZOUIP
SCHLRPP
NGH...
AH
ÇA N'A RIEN À VOIR AVEC LA DERNIÈRE FOIS.
BRR
Gh...
SCHLRPP
Gh...
BRR
SCHLRPP
SCHLRPP

BRR
Hm
BRR
BRR
!
SCHLRPP
MON SEXE FOND.
Han
J'AI L'IMPRESSION QU'IL VA L'AVALER.
JE VAIS TE SUCER AUSSI.
HEIN ?
がしっ
GNAP
VLAF
POURQUOI TU TIRES CETTE TÊTE ?
Alors que tu bandes.
TU ES SÛR DE VOULOIR ME LE FAIRE ?
J'AI ENVIE DE TE DONNER DU PLAISIR. ET PUIS,

JE N'AIME PAS QUE TOI.
Ton pénis aussi.
Han
BRR
AH.
にゅぷっ
PLITCH
ビクッ
FRISSON
にゅぷっ
PLITCH
SCHLRPP
SCHLRPP
SCHLRPP
SCHLRPP
TU AIMES ?
コク
FOUIT
コク
FOUIT
OUI.
じぃっ
GNAP
POURQUOI TU CACHES TON VISAGE ? REGARDE-MOI.
AH.

HAA
HAA
LE TRUC, C'EST QUE
LE SIMPLE FAIT DE TE REGARDER ME SUCER ME DONNE ENVIE DE JOUIR.
La vue est très excitante.
Trop mignon.
JE VAIS LE FAIRE JOUIR.
SCHLRPP
!
AH.
SI TU
FAIS ÇA,
SCHLRPP
SCHLRPP
SCHLRPP
JE VAIS JOUIR
TOUT
...
DE SUITE.

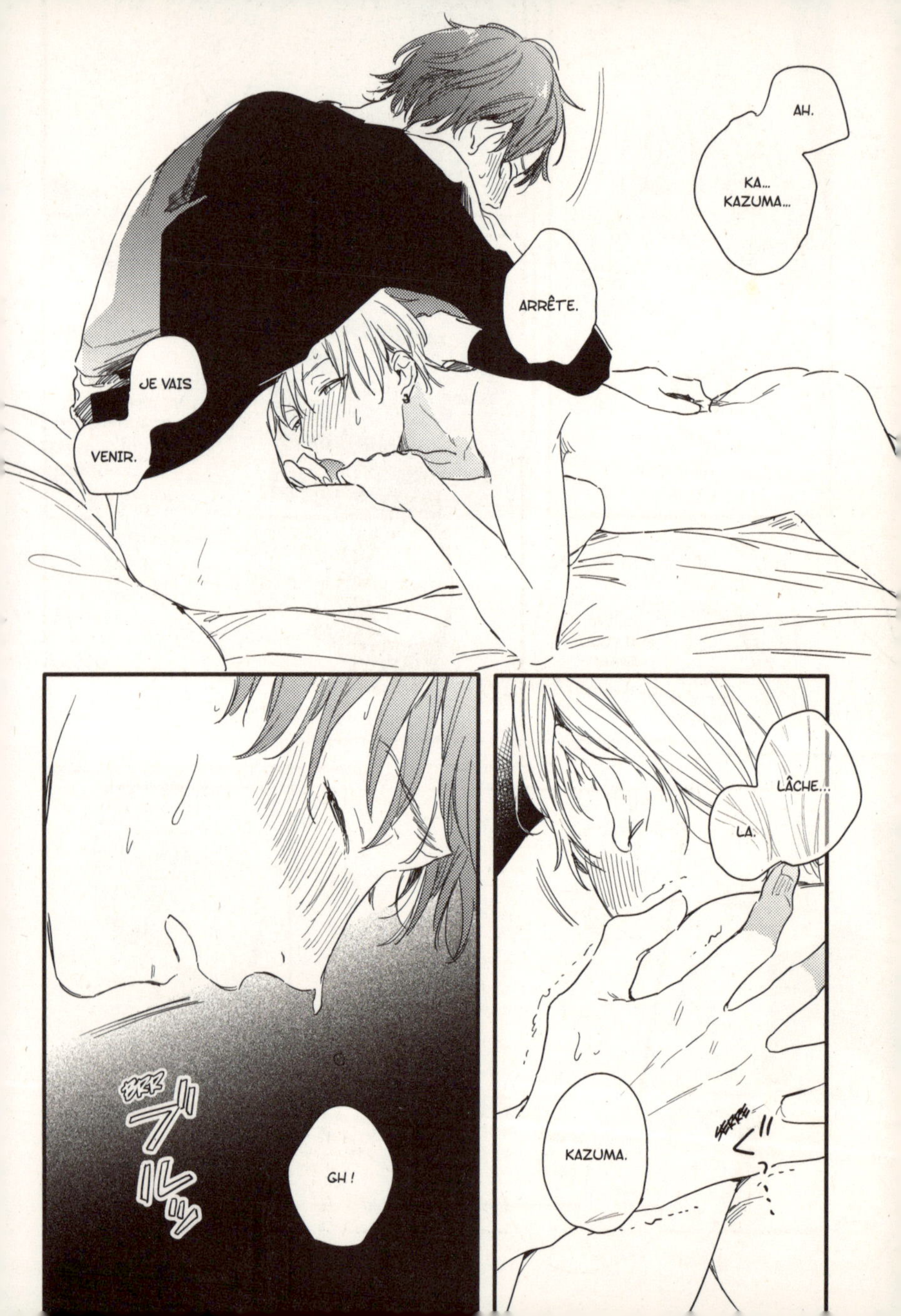
AH.
KA... KAZUMA...
ARRÊTE.
JE VAIS
VENIR.
LÂCHE...
LA.
SERRE
KAZUMA.
BRR
GH !

GH !
KA... KAZUMA.
ÇA VA ?
OUI.
KOF
KOF
KOF
Ça a un goût bizarre.
SLURP
QUAND J'AI VOULU AVALER,
C'EST PASSÉ DE TRAVERS.
ROUGIT
U... Une éjaculation faciale...
AVA...
MOI AUSSI, JE VAIS LE FAIRE !
C'EST PAS UNE COMPÉTITION.

...
がばっ
SERRE
AH.
QU'EST-CE QUI TE PREND ?
ON N'A PAS
ENCORE TOUT FAIT.

ZOUIP
スリ…
AH !
GH…
KAZUMA…
CHIAKI A POUSSÉ SON IMAGINATION…
BEAUCOUP PLUS LOIN QUE MOI.
BRR

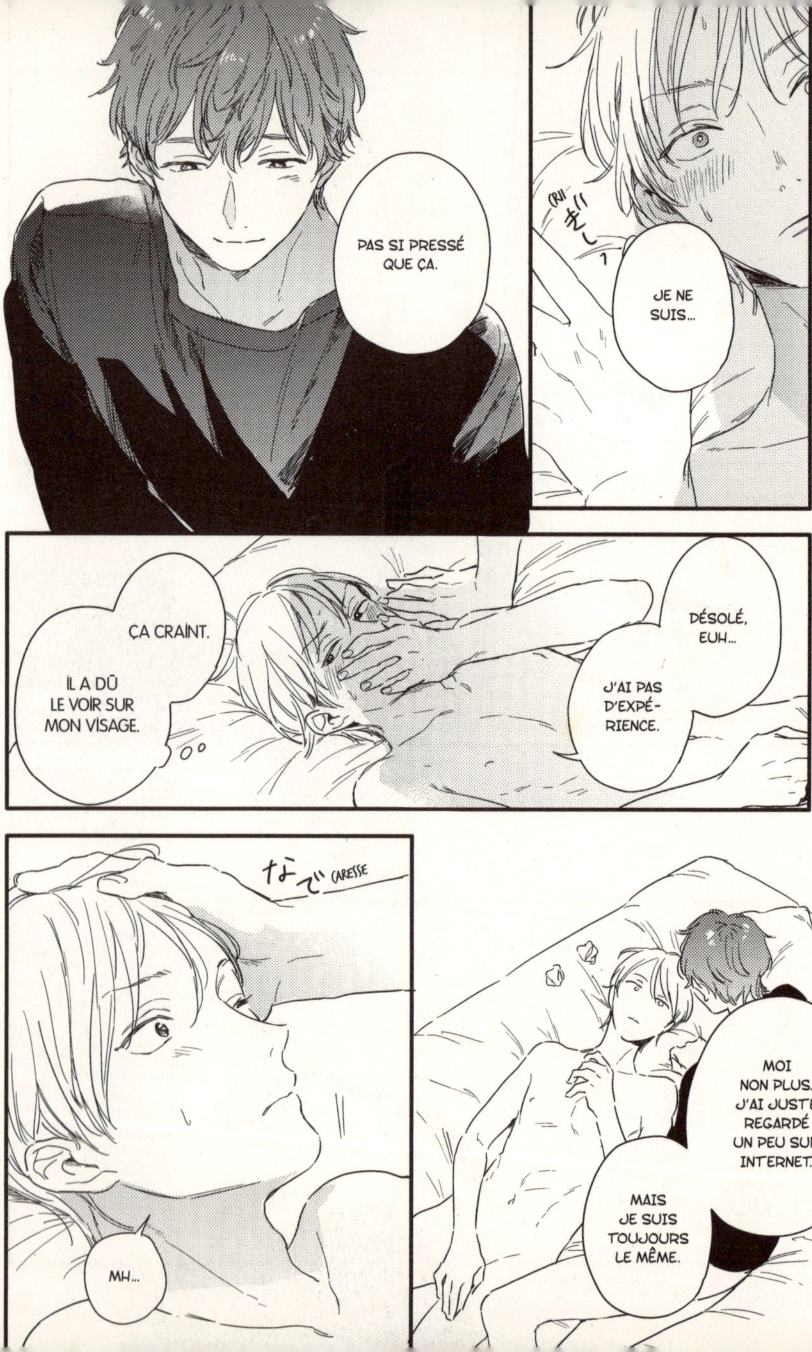
CRII
ぎし
JE NE SUIS...
PAS SI PRESSÉ QUE ÇA.
DÉSOLÉ, EUH...
J'AI PAS D'EXPÉRIENCE.
ÇA CRAINT.
IL A DÛ LE VOIR SUR MON VISAGE.
MOI NON PLUS. J'AI JUSTE REGARDÉ UN PEU SUR INTERNET.
MAIS JE SUIS TOUJOURS LE MÊME.
なで CARESSE
MH...

ALORS NE FAIS PAS CETTE TÊTE.
TOUT VA BIEN.
がばっ
GNAP
AH !
Kazuma ?
MOI AUSSI,
J'AI ENVIE DE BIEN M'OCCUPER DE TOI.

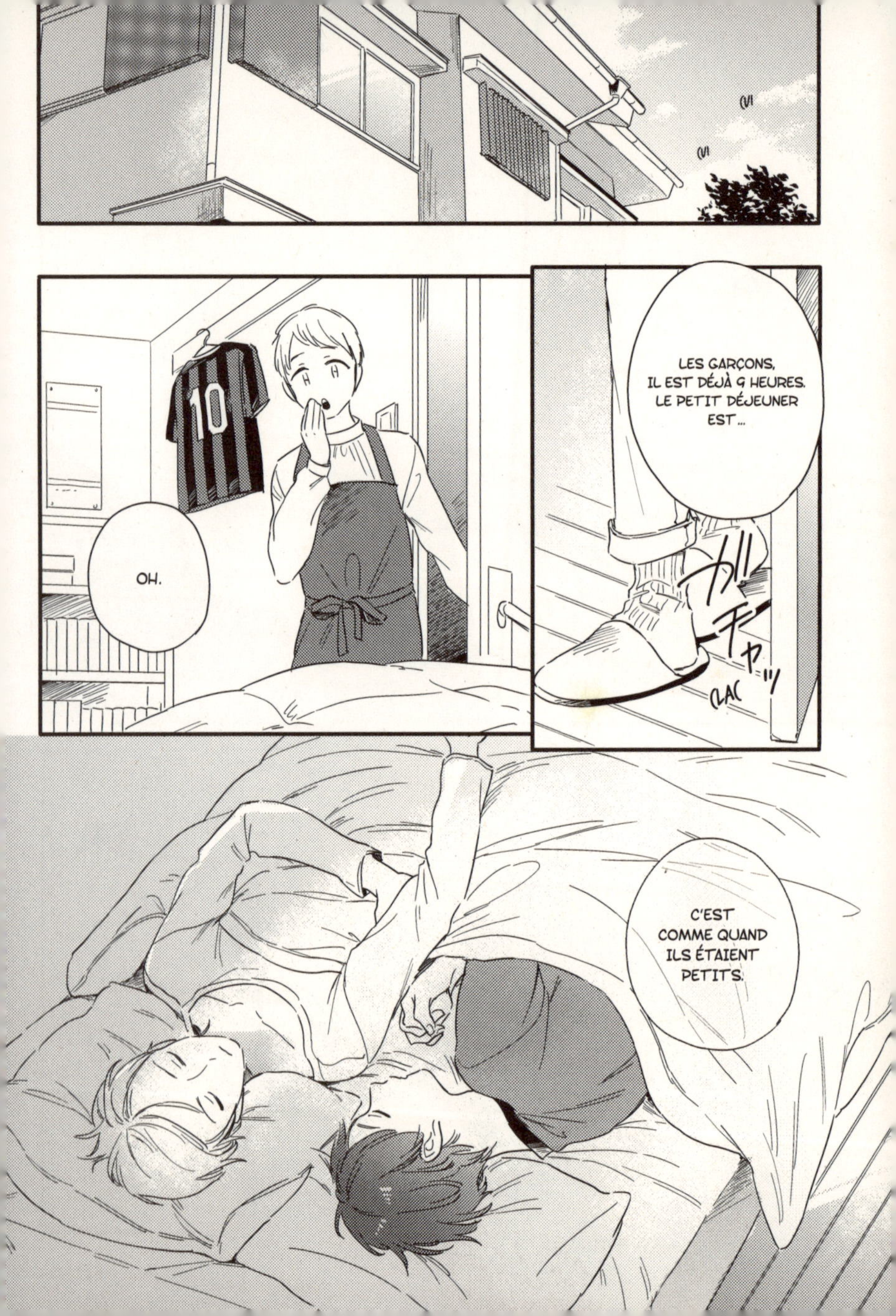
CUI
CUI
LES GARÇONS, IL EST DÉJÀ 9 HEURES. LE PETIT DÉJEUNER EST ...
ガチャッ
CLAC
OH.
C'EST COMME QUAND ILS ÉTAIENT PETITS.

[To be continued]

PREVIEW DU TOME SUIVANT

LES SENTIMENTS DE CHIAKI ET DE KAZUMA SONT ENFIN DEVENUS RÉCIPROQUES. MAIS ALORS QUE LEURS RAPPORTS S'APPROFONDISSENT SUR TOUS LES PLANS, UNE VIOLENTE DISPUTE ÉCLATE ENTRE EUX AVANT LA FIN DU LYCÉE.

# Let's be together

**ATTENTION !**

*Cette bande dessinée est publiée*
*dans son sens de lecture original japonais,*
*les bulles se lisant de droite à gauche.*
***Vous êtes donc ici à la FIN !***

Itsuka koi ni narumade volume 1

Originally published in Japan in 2019 by TAKESHOBO CO., LTD., Tokyo.
French translation rights arranged with TAKESHOBO CO., LTD. through
TOHAN CORPORATION, Tokyo.

Dépôt légal à parution
ISBN 978-2-37506-290-6


Directeur de collection : Yves Huchez

Traduction : Isabelle Eloy
Correction : Fox, Tadpole & Bunny

Conception graphique : Prédatorias
Adaptation graphique et lettrage : Jean-François Leyssène

Imprimé en France par Aubin Imprimeur en juin 2021.